VENTE
Du Lundi 21 Décembre 1908
HOTEL DROUOT, SALLE N° 11
A DEUX HEURES

EXPOSITION PUBLIQUE
Le Dimanche 20 Décembre 1908
DE 2 HEURES A 6 HEURES

Par suite de départ de Mme X...

Meubles et Sièges Anciens

TABLEAUX, GRAVURES

FAIENCES ET PORCELAINES

BRONZES, PENDULES

OBJETS VARIÉS

COMMISSAIRE-PRISEUR
Me ANDRÉ DESVOUGES
Successeur de M. Maurice DELESTRE
26, rue Grange-Batelière

EXPERTS
MM. M. PAULME & B. LASQUIN Fils
10, rue Chauchat | 12, rue Laffitte

CATALOGUE

DES

MEUBLES ET SIÈGES ANCIENS

TABLEAUX, DESSINS, GRAVURES

BRONZES D'ART ET D'AMEUBLEMENT

PENDULES

FAIENCES ET PORCELAINES

de Rouen, Moustiers, Alcora, Delft, Strasbourg, Hispano-Mauresque, Perse, etc.

OBJETS VARIÉS

ÉVENTAILS — IVOIRES JAPONAIS — MORTIERS

INSTRUMENTS DE MUSIQUE

Dont la Vente, par suite de départ de Mme X***

AURA LIEU

HOTEL DROUOT, SALLE N° 11

LE LUNDI 21 DÉCEMBRE 1908

A DEUX HEURES PRÉCISES

Par le ministère de:

Me ANDRÉ DESVOUGES

COMMISSAIRE-PRISEUR

Successeur de M. Maurice Delestre

26, rue Grange-Batelière

Assisté de :

MM. PAULME et B. LASQUIN FILS

EXPERTS

10, rue Chauchat | 12, rue Laffitte

PARIS

Chez lesquels se distribue le présent Catalogue

EXPOSITION PUBLIQUE

Le Dimanche 20 Décembre 1908, Salle n° 11, de 2 h. à 6 heures

CONDITIONS DE LA VENTE

Elle sera faite au comptant.

Les adjudicataires paieront *dix pour cent* en sus des enchères.

L'exposition mettant le public à même de se rendre compte de l'état et de la nature des objets, aucune réclamation ne sera admise une fois l'adjudication prononcée.

Paris.— Imp. de l'Art, CH. BERGER, 41, rue de la Victoire

DÉSIGNATION

TABLEAUX, DESSINS

GRAVURES

1 — AUDOUIN (P.). *Portrait de Mme Saint-Aubin*, dans « Ambroise ou Voilà ma Journée. »

Gravure en couleurs.

2 — BERTAUX (D.). *La Bienfaisance ingénieuse.*

Fait historique du 5 messidor, an 10 (*1802*). Gravure coloriée.

3 - CHAPONNIER. *Portrait de Joseph Haydn.*

Gravure en noir.

4 — FAVART (D'après). *Mme Gonthier dans le rôle de « Pérette » (Fanfan et Colas).*

Gravure coloriée par Chaponnier.

5 — GIUSTO (Chev. FAUST). *Vue du Pont-Neuf.*

Gouache.

6 — JANINET. *L'Indiscrétion.*

Gravure en couleurs, d'après Lawreince. (Epreuve moderne.)

Cadre en bois sculpté doré, de style Louis XVI.

7 — JOQUEZ. *Paysage avec cours d'eau.*

Aquarelle.

8 — MET DE BLÈS (Attribué à). *Ermite dans un paysage montagneux.*

Panneau.

9 — PILLEMENT (Attribué à). *Corbeille fleurie et branchages.*

Aquarelle.

10 — Deux aquarelles japonaises : *Jeunes Femmes auprès d'accessoires et fleurs.*

11 — *L'Histoire de Psyché.*

Quatre gravures en couleur, d'après Schall, gravées par N. Colibert et Mme Mouchy.

12 — X... *Paysage d'Italie.*

Aquarelle. XVIIIe siècle.

FAÏENCES ET PORCELAINES

13 — Flambeau, trois salières, une petite chope, trois souliers, une cuillère, en faïences diverses.

14 — Deux huiliers avec burettes en ancienne faïence de Rouen.

15 — Pichet et pot en ancien grès.

16 — Bassin d'aiguière en ancienne faïence.

17 — Plat creux en ancienne faïence, décor polychrome ; au centre, corbeille fleurie sur une console ; au marli, guirlandes de fleurs.

18 — Deux plats de forme hexagonale en ancienne faïence, décor au centre : fleurs et lambrequins à la bordure.

19 — Deux assiettes patriotiques en ancienne faïence, décor polychrome, avec inscription « J. Rivoire 1794 ».

20 — Divers. Deux assiettes en faïence, décor bleu et polychrome.

21 — Bassin en ancienne faïence du Midi, décor polychrome.

22 — Deux assiettes et un plat patriotique en faïence.

23 — Deux compotiers en ancienne faïence, décor bleu et polychrome ; au centre, corbeille au milieu d'arabesques ; à la bordure, feston de feuillage.

24 — Alcora. Grand plat en ancienne faïence, décor polychrome ; au centre, bouquet de fleurs ; au marli, feston de fleurs et lambrequins.

25 — Alcora. Petit compotier polylobé en ancienne faïence, décor polychrome ; au centre, figure, fleurs et insectes.

26 — Delft. Six assiettes en ancienne faïence, décor polychrome.

27 — Delft. Paire de petites potiches couvertes en faïence, décor bleu.

28 — Delft. Assiette en ancienne faïence, décor polychrome, dit aux cœurs ou à la croix de Saint-André. Fond vert.

29 — Delft. Deux assiettes en ancienne faïence, décor polychrome à quatre réserves, formant une croix de Saint-André.

30 — Delft. Assiette en ancienne faïence, décor polychrome au tonnerre.

31 — Hispano-Mauresque. Petit plat en ancienne faïence à reflets métalliques ; au centre, les chiffres du Christ, et dents de loups à la chute.

32 — Hispano-Mauresque. Plat à ombilic en ancienne faïence à reflets métalliques, décor feuillages rehaussés de bleu.

33 — Hispano-Mauresque. Plat à ombilic en ancienne faïence à reflets métalliques, godrons simulés à la bordure.

34 — Hispano-Mauresque. Grand plat en ancienne faïence hispano-mauresque à ombilic, à reflets métalliques, décor feuillages rehaussés de bleu.

35 — MARSEILLE. Broc en ancienne faïence, décor polychrome à branchages fleuris.

36 — MARSEILLE. Saucière en ancienne faïence à anse-serpent, décor feuillages en camaïeu vert. Marque *V. P.*

37 — MARSEILLE. Petit compotier en ancienne faïence, décor vert. Bord festonné.

38 — MIDI. Pichet, formé d'un homme sur un tonneau, une saucière et un couvercle de soupière en ancienne faïence.

39 — MIDI. Plat creux en ancienne faïence à godrons, au centre une marguerite et à la bordure une guirlande de feuillages et fleurs, en bleu et jaune.

40 — MOUSTIERS. Assiette en ancienne faïence, décor polychrome à grotesques ; au marli, corbeilles fleuries, feuillages et insectes.

41 — MOUSTIERS. Plat ovale et deux assiettes en ancienne faïence, décor polychrome, personnage au centre.

42 — MOUSTIERS. Assiette en ancienne faïence, décor polychrome dit aux drapeaux.

43 — MOUSTIERS. Assiette en ancienne faïence, décor polychrome; au centre, armoirie; à la bordure, lambrequins.

44 — MOUSTIERS. Deux assiettes en ancienne faïence, de forme hexagonale, à bords découpés, décor polychrome à grotesques et feuillages.

45 — MOUSTIERS. Bassin d'aiguière en ancienne faïence, décor polychrome ; au centre, médaillon, sujet mythologique ; à la chute, guirlandes de fleurs.

46 — MOUSTIERS. Saucière à deux anses en ancienne faïence, décor polychrome : personnages grotesques, oiseaux, feuillages.

47 — MOUSTIERS. Deux petits plats ovales en ancienne faïence, décor à festons de fleurs en jaune.

48 — MOUSTIERS. Dix assiettes en ancienne faïence, décor polychrome et camaïeu, à grotesques.

49 — MOUSTIERS. Assiette hexagonale en ancienne faïence, décor polychrome à grotesques.

50 — Perse. Pot à côtes en ancienne faïence bleue.

51 — Perse. Bouteille à pans en ancienne faïence, décor de semis de fleurettes en bleu et vert.

52 — Environ quinze pièces : vases, coupes, bols en faïence persane.

53 — Rhodes. Deux assiettes en ancienne faïence, décor polychrome à palmes et œillets.

54 — Rouen et diverses. Deux assiettes et un plat en ancienne faïence.

55 — Rouen. Trois cuvettes de bidets et deux petits pots en ancienne faïence.

56 — Rouen. Plateau de surtout en ancienne faïence, de forme contournée.

57 — Rouen. Assiette en ancienne faïence, décor polychrome ; au centre, fleurs ; à la bordure, rinceaux de fleurs et feuillages et quadrillés.

58 — Rouen. Deux petits compotiers en ancienne faïence, à bords dentelés, décor dit à la corne.

59 — Rouen. Compotier hexagonal en ancienne faïence, décor au centre d'une corbeille fleurie et rinceaux ; à la bordure, imbrications en bleu.

60 — ROUEN. Plat rond à bord festonné en ancienne faïence, décor polychrome, dit au carquois. Bordure à lambrequin.

61 — ROUEN. Pichet en ancienne faïence, décor polychrome, couvercle et anse en étain, et une bouteille.

62 — STRASBOURG. Deux assiettes en ancienne faïence, à bords festonnés, rose au centre; palmes et feuillages à la bordure.

63 — STRASBOURG. Plat rond en ancienne faïence, décor polychrome; au centre, trois oiseaux; au marli, bouquets de fleurs. Bord mouvementé.

64 — STRASBOURG. Compotier en ancienne faïence; au centre, une tulipe. Bord mouvementé. Marque H.

65 — URBINO. Petit plat et une coupe en ancienne faïence, décoré d'un buste d'enfant et amour.

66 — URBINO. Plat ovale en ancienne faïence, décoré d'un buste de femme au centre.

67 — Urbino. Grand plat en ancienne faïence, décor au centre : amour; à la chute et à la bordure, arabesques.

68 — Chine. Marronnière avec son couvercle en ancienne porcelaine de la Compagnie des Indes, entièrement ajourée, simulant la vannerie, bord à lambrequins; dans le fond, médaillon, jeux d'amours.

69 — Chine. Deux bouteilles en porcelaine.

70 — Chine. Bol en ancienne porcelaine, décor de paysage en couleurs.

71 — Chine. Paire de vases-rouleaux en porcelaine bleu fouetté, réserves à personnages et émaux de couleurs.

72 — Japon. Plat en porcelaine; l'intérieur laqué.

73 — Saxe. Milieu de table, formé d'un groupe de naïades supportant une corbeille.

74 — Saxe. Groupe en porcelaine : « Vénus et l'Amour ».

OBJETS VARIÉS

75 — Quatre mortiers en bronze, du XVIe siècle.

76 — Petite cloche en bronze. XVIe siècle.

77 — Deux petits bustes d'empereurs romains en bronze, sur socle en marbre.

78 — Coffret de voyage en bois sculpté, avec écusson armorié et trophée. Époque Louis XIII.

79 — Fontaine et son bassin en cuivre. Époque Louis XIII. Support en bois sculpté de style.

80 — Lampe faite d'une colonne à chapiteau en bois sculpté. Époque Louis XVI.

81 — Montre à sonnerie en argent, gravé et repercé. Époque Louis XIV.

82 — Deux montres en cuivre doré, médaillon en émail et attributs de musique. Époque Louis XVI.

83 — Montre en argent. Époque Louis XVI.

84 — Éventail en ivoire sculpté et peint ; feuille décorée à la gouache, sujet : Diane chasseresse dans un parc; au revers, portique en camaïeu. Époque Louis XVI.

85 — Trois éventails. Époques Empire et Restauration.

86 — Éventail en ivoire ajouré et un en bois; feuille : sujet familier.

87 — Deux petits vases en cristal, base en bronze. Époque Empire.

88 — Petite bonbonnière en cristal de roche. Monture en or ciselé.

89 — Miniatures : Portrait de femme, en grisaille, et portrait d'un officier. Époque Louis XVI.

90 — Miniature : Portrait de femme en robe décolletée. Signée : *Collière, 1826*.

91 — Miniature ovale : Portrait d'homme, par Chabanne. Signé, daté : *Octobre 1829*.

92 — Lot de médailles et monnaies anciennes et modernes en argent et bronze.

93 — Quatre escarcelles et trois bourses en soie, velours, perles.

94 — Étui-souvenir à tablette en nacre, incrusté d'or. Époque Louis XVI.

95 — Petit pot à crème en porcelaine de Bailleux; monture en argent.

96 — Lot de verres gravés, anciens.

97 — Aiguillettes en bronze doré. Époque Empire.

98 — Petit écran en ivoire gravé. Travail japonais.

99 — Vase avec son couvercle en ivoire sculpté. Travail japonais. (Signé.)

100 — Groupe en ivoire : enfants et nid d'oiseaux. Travail japonais.

101 — Groupe de trois enfants en ivoire japonais.

102 — Groupe de rats et chien couché en ivoire japonais.

103 — Deux petits vases en argent. Travail chinois.

104 — Sabre avec son fourreau en ivoire sculpté. Travail japonais.

105 — Petit plateau quadrilobé, à fond jaune ; un flacon à thé et un petit vase en ancien émail de Canton.

106 — Petit brûle-parfum, à quatre pieds-griffes, en bronze patiné. Époque Empire.

107 — Vase couvert-brûle-parfum en bronze japonais ; le couvercle surmonté d'une chimère.

108 — Cuvette et son pot à eau en cristal. Époque Empire.

109 — Paire de lampes électriques, porcelaine verte ; monture en bronze doré.

110 — Pièces de fouilles : vases, coupes ; environ cinq pièces.

111 — Grand plat et deux plus petits en émail cloisonné.

112 — Deux écuelles en étain ancien.

113 — Cinq statuettes ou figures d'anges en bois sculpté ou terre cuite polychromés.

114 — Deux poupées anciennes.

115 — Baromètre-thermomètre en bois sculpté doré; fronton à colombe et guirlandes de fleurs et de lauriers. Epoque Louis XVI.

116 — Dix pièces environ, instruments de musique : luth, lyre, guitare, mandole, mandoline, etc.

BRONZES D'ART ET D'AMEUBLEMENT

PENDULES

117 — Petite pendule de bureau en bronze doré. Époque Louis XIII.

118 — Petite pendule-borne en marbre bleu-turquin. Époque Empire.

119 — Pendule en bronze doré : « le Joueur de flûte ». Époque Empire.

120 — Paire de flambeaux en cuivre argenté. Époque Louis XV.

121 — Paire de flambeaux en cuivre argenté. Époque Louis XVI.

122 — Paire d'appliques, à quatre lumières électriques, en bronze doré. Style Louis XVI.

123 — Flambeau en bronze doré; base à palmettes. Époque de la Restauration. (Disposé pour l'électricité.)

124 — Paire de chenets en cuivre. Époque Louis XIII.

125 — Paire d'appliques, à trois lumières, en bronze doré, de style Louis XVI. (Disposé pour l'électricité).

126 — Galerie de foyer en bronze doré. Style Louis XVI.

127 — Paire de candélabres, à quatre lumières, en bronze. Époque de la Restauration.

MEUBLES, SIÈGES

GLACES

128 — Buffet à deux corps, ouvrant à deux tiroirs et deux portes; la partie supérieure transformée en vaisselier. XVIe siècle.

129 — Table rectangulaire en bois sculpté, ouvrant à un tiroir. Époque Louis XV.

130 — Petit cabinet à neuf tiroirs et une porte. Travail espagnol. Époque Louis XIII.

131 — Table-desserte à trois plateaux mobiles en noyer. Style Louis XIII.

132 — Armoire à glace en bois sculpté, ouvrant à une porte. Époque Louis XV.

133 — Armoire analogue à la précédente.

134 — Paire de consoles-appliques en bois sculpté (redoré). Dessus de marbre blanc. Époque Louis XV.

135 — Commode en bois de placage, ouvrant à trois tiroirs, anneaux de tirage, entrées de serrures en bronze doré. Dessus de marbre. Époque Louis XVI.

136 — Rouet Louis XVI en bois sculpté.

137 — Guéridon rond en acajou. Dessus de marbre blanc. Galerie de cuivre. Époque Louis XVI.

138 — Petit bureau bonheur-du-jour. Dessus de marbre blanc et galerie de cuivre. Époque Louis XVI.

139 — Armoire normande en bois sculpté, à deux portes, la partie supérieure à glace. Époque Louis XVI.

140 — Écran en bois de fer, avec incrustations de nacre. Feuille brodée : oiseaux, rochers, arbustes. Travail japonais.

141 — Pannetière en bois sculpté. Époque Louis XVI.

142 — Horloge en bois mouluré. Époque Louis XV.

143 — Horloge en bois mouluré, à carillons. Époque Louis XVI.

144 — Pupitre à musique en acajou.

145 — Écran en bois sculpté, de style Louis XVI, feuille en soie brochée.

146 — Fauteuil de bureau en bois sculpté canné. Époque Louis XIV.

147 — Chaise en bois sculpté, à croisillons. Époque Louis XIV.

148 — Chaise en bois sculpté canné, à motifs, palmes et coquilles. Époque Louis XV.

149 — Fauteuil en bois sculpté canné. Époque Louis XV.

150 — Fauteuil en bois sculpté, garni de tapisserie au point. Époque Louis XV.

151 — Chaise en bois sculpté cannée, à croisillons. Époque Louis XV.

152 — Chaise en bois sculpté canné. Époque Louis XV.

153 — Fauteuil en bois sculpté, accotoirs à balustres, pieds fuselés et cannelés, recouvert en tapisserie au point, à bouquets de fleurs. Époque Louis XVI.

154 — Fauteuil et chaise en bois sculpté et paillé. Époque Louis XVI.

155 — Quatre chaises en bois tourné, paillées. Époque Louis XVI.

156 — Chaise en bois sculpté, dossier carré à lyre. Style Louis XVI.

157 — Fauteuil en bois sculpté, accotoirs à balustres. Époque Directoire.

158 — Fauteuil en bois sculpté peint blanc et rehaussé de dorure, recouvert en panne de soie verte. Époque Directoire.

159 — Deux tabourets X en noyer, recouverts de tapisserie au point. Époque Empire.

160 — Glace en bois sculpté doré; fronton à attributs de musique. Époque Louis XVI.

161 — Glace en bois sculpté et doré à fronton. Époque Louis XVI.

162 — Deux petites glaces, cadre en bois sculpté doré Louis XV.

163 — Glace en bois sculpté doré. Époque Louis XV.

164 — Deux petites glaces rondes Louis XVI en bois doré; branchages de roses, feuillages et oiseaux.

165 — Sous ce numéro, objets non décris.

RED. :

16

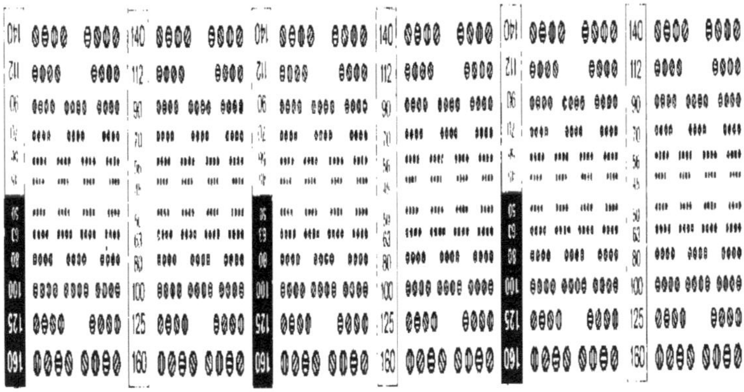

MIRE ISO N° 1
NF Z 43-007
AFNOR
Cedex 7 - 92080 PARIS-LA-DÉFENSE

graphicom 3/9/89 70

www.ingramcontent.com/pod-product-compliance
Ingram Content Group UK Ltd.
Pitfield, Milton Keynes, MK11 3LW, UK
UKHW032030260826
14628UKWH00006B/2848

9 782329 333786